MW01101854

*Celui-là, il est pour Ben.*
*— N. R.*

***Le chat, la chouette et le poisson frais***


Direction éditoriale et artistique : Nadine Robert
Révision : Lise Duquette
Infographie : Jolin Masson
Typographie manuscrite : Joey Desjardins

Les illustrations ont été réalisées à l'aquarelle,
à la gouache et aux crayons de couleur.

Dépôt légal : 1er trimestre 2023

***Catalogage avant publication de Bibliothèque et Archives nationales du Québec et Bibliothèque et Archives Canada***

Titre : Le chat, la chouette et le poisson frais / Nadine Robert ; illustrations, Sang Miao.
Noms : Robert, Nadine, 1971- auteur. | Miao, Sang, illustrateur.
Identifiants : Canadiana 2022001020X | ISBN 9782924332801 (couverture rigide)
Classification : LCC PS8635.O2235 C53 2022 | CDD jC843/.54—dc23

ISBN : 978-2-924332-80-1

Imprimé en Chine

Comme des géants inc.
38, rue Sainte-Anne
Varennes (Québec) J3X 1R5

www.commedesgeants.com

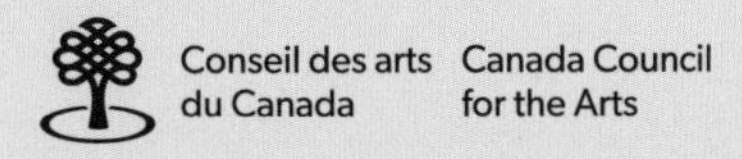


Nous remercions le Conseil des arts du Canada de son soutien.
L'an dernier, le Conseil a investi 153 millions de dollars pour mettre
de l'art dans la vie des Canadiennes et des Canadiens de tout le pays.

# Le chat, la chouette et le poisson frais

Texte de Nadine Robert

Illustré par Sang Miao

comme des géants

Une petite chaloupe de bois,
retenue par son ancre,
flotte sur l'étang.

Chat Gris, qui se rend tous les jours
à l'étang pour pêcher, s'étonne:

«À qui sont cette chaloupe
et ce panier rempli
de poissons frais?»

«Moi, je le sais, répond la chouette
posée non loin de là.
Je te le dirai si tu m'aides.

Regarde, ma patte est
coincée sous ces billots.»

«Oh! Je ne peux pas t'aider,
trépigne Chat Gris qui se lèche
les babines. Je dois me rendre
à la chaloupe sans me mouiller.
J'ai peur de l'eau!»

«Va! chante la chouette.
Mais sache qu'au petit jour
j'ai vu une étrange pierre...
Une pierre qui avançait vers l'étang,
comme si elle avait des pattes!»

«Une pierre? demande Chat Gris.
Une pierre comme celle-ci?
Pardi! Tu me donnes une idée!»

Chat Gris soulève la pierre...

… la dépose dans l'eau, marche dessus et s'étire de tout son long.

«À moi le poisson frais!»

«Courage! poursuit la chouette.
Mais sache qu'au petit jour
j'ai vu un étrange seau...
Un seau qui avançait vers l'étang,
comme s'il avait des pattes!»

«Un seau? s'écrie Chat Gris.
Un seau comme celui-ci?
Pardi! Tu me donnes une idée!»

Chat Gris prend le seau...

…marche sur la pierre,
dépose le seau dans l'étang,
grimpe dessus et s'étire
de tout son long.

«À moi le poisson frais!»

«Presque ! continue la chouette.

Mais sache qu'au petit jour
j'ai vu une étrange caisse en bois...
Une caisse qui avançait vers l'étang,
comme si elle avait des pattes!»

«Une caisse? miaule Chat Gris.
Une caisse comme celle-ci?
Pardi! Tu me donnes une idée!»

Chat Gris saisit la caisse,
pose une patte sur la pierre, grimpe sur
le seau, dépose la caisse dans l'étang,
monte dessus et s'étire de tout son long.

«À moi le poisson frais!»

«Si près! s'exclame la chouette.
Mais sache qu'au petit jour
j'ai vu un étrange billot de bois...
Un billot qui avançait vers l'étang,
comme s'il avait des pattes!»

«Un billot? s'excite Chat Gris.
Un billot comme celui-ci?
Pardi! Tu me donnes une idée!»

Sans réfléchir,
Chat Gris agrippe le billot...

...et libère la patte de la chouette
qui était coincée.

La chouette

s'élance...

… vole jusqu'à la chaloupe
et saisit le panier.

«À moi le poisson frais!»